굽잇길 볼록거울

박춘추 시집

한누리미디어

| 서시 |

나야~ 나! 춘추…

1

참 건방진 놈
뭘 모르는 녀석이구만
그러나, 누구나 그렇듯이 나도 지금까지 살아왔어
그렇다면 조용해야지, 허나 이름이 좋아서……

세상에 태어날 때 거금을 들여 작명했다네
예술분야에 힘쓸 것이라고
무슨 혀 꼬부라진 소리
얼룩무늬 제복으로 젊음 다 보냈는데

이제 시작하면 늦을까
글쎄, 낙서하듯 끄적거려 보는 거야
걍, 이렇게……

2

계절에 따라 온갖 풍상을 겪으며
노송은 본연의 모습으로 청청

교목은 하늘을 찌를 듯 우람
자태를 자랑한다

수 억 값비싼 온실 속의 분재
가위에 잘리고 철사에 비틀리어
인간의 욕구에 따라 모습이 변해 버린 채
작달막하게 뿌리 없이 겨우 숨을 몰아쉰다

어떻게 살아왔고, 살아갈 것인가
엊그제 회갑이었는데 벌써 칠순 되어
식구들 축하한다 요란이지만
뒤돌아서 나는 누구였던가 생각에 곰곰

들판의 노송인가, 온실속의 분재인가
골골하는 백수(白壽)보다
현실에 적응하며 자연에 순응하는
올곧은 삶이기를, 죽는 날까지

| 서문 |

살얼음을 조심스럽게 딛는 마음으로
머리카락 끝에 체중을 두고
가만히 시 마당을 열고 나온다.

무엇을 말하고 싶어서, 무엇을 쓰고 싶어서
첫 시집을 시작했는가?
지난날의 아픔, 인내, 고통, 사랑, 희망, 욕망과 좌절
그리고 행복을 나열하고 싶었나 보다.
가슴 깊은 곳에 숨겨두어
— 터뜨리고 싶었던, 부끄러웠던, 그리고 부러워했던,
　나래를 펴고 싶었으나 그리 되지 못하여 항거하던 것들과…
— 감추고 싶은 가족사, 어린 가난의 시절과
　성인이 되어가면서 느낀 것….

굽어진 길에는 반드시 반사되는 볼록거울이
아름답거나 추하거나 있는 그대로 모든 것을 비추어준다.
그리고 떠나가면 아무 미련 없이 다 떨쳐 버리고

거울 본연의 모습으로 되돌아간다.

따라서 거울 앞에서 보이는 모든 것은 숨길 수 없고
감추어진 어떤 욕망이나 거짓 마음도
거울 뒤에 숨길 수 없듯이 올곧고 바르게 살아야 한다.
아직은 이르지만 인생의 경험을 다소곳이 정리하지 못하고
헝클어진 상태로 오늘에 이르러서야 세상에 내어놓게 되었다.
그렇기에 서정적, 서사적…
어쩌고 하는 형식도 시작기법도 없이
자서전 형식의 치부장 글이 되었는지도 모르는 일이다.

이 후엔 나만의 특색 있는 글이 되었으면 하는 마음으로
노력하리라 다짐해 보지만 어찌되려나 모르겠네.

2020년 정초에

박 춘 추

차례

제2부 봄, 오기만을 기다리는가

차례

제3부 나비 한 마리

제4부 굽잇길 볼록거울

차례

제5부 울보세상

제 I 부
쌀 한 톨의 추억

다시, 그래 다시 한 번/ 개구락지/ 외발 썰매
날으는 부침개/ 며느리밥풀꽃/ 쌀 한 톨의 추억/ 오이손
아이스께끼/ 굴러가는 도넛 인생/ 부지깽이/ 어버이날오월의 야누스
반딧불이 사랑/ 물에 띄워 보낸 아픔/ 달리는 자전거
치약 껍질/ 풍등/ 덧없는 날
내려놓기

다시, 그래 다시 한 번

서녘 노을 비껴가는 시각
차양대 아래 길거리 카페
복잡한 거리를 마주하고
나란히 앉은 두 사람
탁자 위 식어버린 찻잔 졸고
오가는 차량과 사람들에게
무의미한 시선 떨군 채 말이 없다
우린 이렇게 살아 왔노라고

한바탕 빗줄기 퍼 부어
자리를 옮긴 아늑한 카페
샹들리에 화려한 불빛
김이 모락모락 나는 찻잔
마주보고 앉아 미소 띤 얼굴
다르게 살아보자고
다시 다짐하는 두 사람
향긋한 커피 내음
온통 카페를 물들인다

개구락지

동네 개구쟁이들 개울가에 옹기종기
기다랗게 자란 피를 꺾어
잎 따고 곁가지 치고
끄트머리만 남겨 개구리를 낚는다

입과 눈앞에 아른아른
폴짝 뛰어 물때 잽싸게 낚아채면
빙그르 돌면서 하늘 높이 올라갔다가
냅다 땅바닥에 내동댕이쳐지면
네다리 쭉 뻗고 바들바들 떨지
곧 바로 정신을 차렸는지
펄쩍 뛰어 도망가는 모습에
동네 꼬마들 까르르…

살이 통통한 뒷다리
싸리가지 꺾어 불살라 구우면
고소한 냄새에 침 흘리고
그 맛 또한 일품이지

오곡 익는 가을

배만 볼록 튀어나온 동네 꼬마
재미있는 장난질에
개구락지 까무러치네
깨구락지 죽네

외발 썰매

가느다란 칼날 하나
두 개의 꼬챙이에 몸의 균형 이루고
논과 실개천 좁은 얼음길을
동네 큰형부터 꼬마까지
하나의 기다란 열차 되어
환호 지르며 신나게 달린다

벙거지 모자와 토끼털 귀마개
누나가 짜준 털장갑 벗어 던지고
논두렁에 불붙이고 모닥불에
바지 양말을 태워먹던
그 시절은 어디로 갔나

험한 세상 두 발로 지내 왔으니
색 바랜 간이역에도 쉬어가고
국수와 오뎅이라도 한 그릇 먹어가며
아무 곳이라도 갈 수 있는
외발 썰매 다시 타고 싶어

날으는 부침개

엄마!
사랑해요
배고픔에 물로 배 채우던 어린 자식들
엄마는 온 창자 텅 비었으리라
어쩌다 보리쌀 반 되 국수 한 다발
웃음꽃 피우며 정신없이 맛나게 먹지만
이마저도 순간, 밥 때가 또 오지

이웃집 돌잔치 지짐이 도우며
창 너머 주인 몰래 비행접시 날리면
숨어 기다리다 받아먹던 그 맛
땅바닥에 떨어져
흙범벅 되어도 좋았어라
훠-어 훨
날으는 부침개에 허기 달래고
엄마의 눈물이 허공에서
가슴을 쓸어내린 서글픈 추억
별빛마저 흐리구나

며느리밥풀꽃

양지 바른 봄날 샘터 옆
긴 꽃대에 작은 꽃들이 조롱조롱
비단 주머니 같기도 하고
긴 줄에 밥풀이 더덕더덕 붙어있는 듯한
불그스레한 꽃이 한창이다

어느 산골 가난한 며느리
밥을 짓고 맛보다가 시어머니에 들켜
밥풀이 목에 걸려 죽었다는데
그 무덤에 꽃이 피었다는 슬픈 얘기도 있지

이 꽃을 보고 있노라면
어린 시절 배고픔의 설움이
아련히 떠오른다

먹을 것 없어 남의 집 식모살이 간 누이
시골로 시집가면 굶지는 않을 것이라며
눈물 훔치며 떠난 누이 생각에 가슴 저며
먼 하늘 바라보며 눈을 감는다

기다랗게 뻗은 줄기마다
비단주머니 조랑조랑 달아 금낭화 되고
꽃 가운데 하얀 주머니엔
흰 쌀밥 가득 채워 며느리밥풀꽃 되었다지

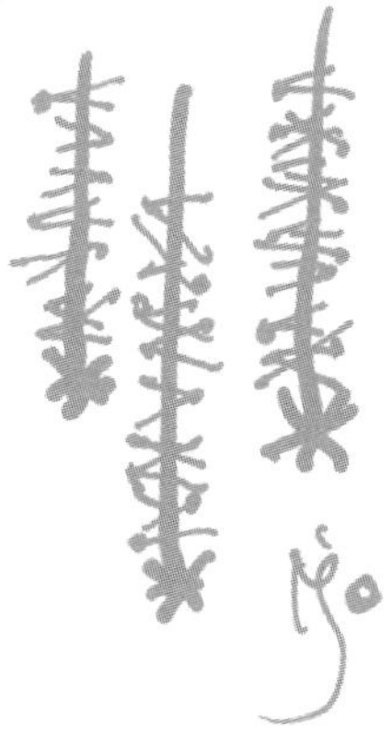

쌀 한 톨의 추억

쌀 한 톨엔
농부의 노고가 담기고
천지의 은혜가 스며있고
넓은 우주가 들었다지만

철부지 열세 살의 소년
가슴에 안은 돌가루 봉지 속 쌀 반 되
굶어 백지장 얼굴로 누워 기다리는 식구
빨리 가서 허기를 달래려 마음은 바쁘다

한 시간 간격 운행되는 짐짝 버스
사람들 틈새 터져 쏟아져
"내 쌀 !.." "내 쌀 !..."
울부짖으며 소리치던
가슴 찢어지던 날
세상이 무너지는 줄 알았지

쌀 한 톨이
밥 한 숟가락이
여동생의 멀건 얼굴이 번복되어
쌀빛 눈물이 앞을 가린다

오이손

허공에 팔 뻗는다
한 올의 예민한 촉수
닿는 곳마다 휘어감아
옹골차게 움켜쥐고 버텨
노란 꽃과 탐스러운 열매 주렁주렁

초등학교 등굣길
엄마 손에 매달린 고사리 움
교문 앞 튕겨나가는 용수철
그 힘 어디서 솟아날까
저마다 믿음과 사랑이지

여리게 힘차게
위로 옆으로 펼쳐 나지만
그새 거칠고 투박한 손이 되어
퇴색된 가지 부둥켜안고
가버린 날을 되돌아본다

아이스께끼

땀 흠뻑 흘리며
청계산 정상 오르니
시원한 막걸리와 아이스께끼가 있네
불현듯 어린 시절 생각이

'아이스께끼!'
'앙꼬 아이스께끼!'
몸통만한 커다란 통 어깨 걸머메고
소리를 외치기까지 얼마나 어려웠던가

부끄러움 잘 타고 유난히 자존심 강했던
어린 시절의 소년
가난에 쫓기고 배고픔에 지쳐 나섰지만
정녕 '아이스께끼' 라는 말이 입에서 나오기는
이틀이라는 많은 시간이 필요했으니
어지간히 철모르는 소년이었나 보다

아무도 없는 어두워진 골목
두리번거리며 겨우 기어 나오는 목소리
'아이스-께에끼-' 피나는 연습의 결과였지

상큼한 산바람에 숨 고르며 오른 정상
머물다 가는 미소 저며 오는 마음
커다란 통의 막걸리와 아이스께끼
얼마나 힘들꼬...
이 높은 곳까지

굴러가는 도넛 인생

데굴데굴
언제부터인가 계속하여 구른다
둥그런 도넛이 종로에서 동대문
철부지 아이가 세상을 알 때까지

종로 파고다공원 앞
노오란 미제 박스에 담긴 도넛
노상에 펼쳤다고 걷어 차여
뒤집어지고 흩어져 구르네

그곳을 피하여 평화시장으로
장사치는 못 들어가게 하네
발로 차여 쫓겨났지
이번엔 내가 굴렀네

자전거 리어카 포장마차 기차 발통
모두 굴려 보았지
멈춤 없이 잘 굴러 가더이다
한 단계씩 무거워졌지만
이제는 둥그런 지구를 굴려야지

남아있는 인생을 싣고
멋지게!

어릴 때 굴리던 도넛 굴렁쇠
어른이 된 지금도 굴러간다
슬렁슬렁 뒤뚱뒤뚱
넘어질 듯 고꾸라질 듯

부지깽이

추운 겨울 엄니 머리에 띠 두르고
아궁이에 불 지핀다
주변에 강아지 맴돌고
철없는 개구쟁이 말썽부려도
작은 불씨 큰불 되어 무쇠솥 달구었지

세월의 흐름 손때 묻어
뭉툭하게 닳아 짧아진 부지깽이
늘 아궁이 옆에 자리하여
불도 조정하고 여러모로 쓰였지

연탄불 가스불에 밀려
아궁이는 아련한 추억이 되었고
불을 다루고 개구쟁이 겁주던 부지깽이
아무리 찾아봐도 온데 간데 없네

불 다스리시던 엄니는 안 계시지만
오늘날 부지깽이는 어디에 있을까
아마도—
나뒹굴던 너마저 불쏘시개 되었나 보다

*부지깽이 : 아궁이에 불을 땔 때 쓰는 나무 막대기

어버이날

부모님 계서 기쁘고 자식 있어 행복하고
여기저기 떠들썩한 웃음 마당
연극과 음악, 숯불구이와 활어회
취향에 따라 몰리는 거리 시끌벅적

양가 부모 안 계시고 자식은 외국에
목소리와 문자 반가워 둘이서 축배를
그마저도 아닌 반쪽 가족은 시름 달래고
외톨이는 소주잔이라도 기울여야 하는가

오월의 해맑은 계절 어느 하루
누구를 위한 날인가
사랑하고 감사하다고 할 수 있는 사람 행복하여라
서울역 노숙자, 종로거리 배회하는 노인
누군가 붉은 카네이션 가슴에 달아주었네
아! 5월도 잔인한 달이로구나…

오월의 야누스

오월은 생동하는 계절
복잡해진 머리 갸우뚱
석가탄신일, 어린이날, 어버이날
스승의 날, 성년의 날, 가정의 날
부부의 날, 별별 축제의 날
마지막, 31일마저도 바다의 날이네

생각은 야무지게 꿈틀대는데
걸리는 것 한두 가지 아니니
문자 두들기고, 말로 떠들어 봐도
행동 없이는 헛된 허상일 뿐
나로 인해 너로 인해 그리고
삶과 연결된 인연을 위하여
손과 발을 움직여야 해

이 멋진 날들 왜 즐기지 못할까
쫓기는 듯 초조함
무능에서 오는 좌절
수저의 잘못 선택에 대한 불평
이유 있는 변명일는지…
오월은 두 얼굴의 계절인가 봐

반딧불이 사랑

바닥에 가느다란 빛 흘리더니
어느새 성숙한 어른이 되어
한여름 밤 어둠 속에 반짝반짝
조용히 맴돌며 날아오른다

어두워지기를 기다리며
자기만의 멋을 자랑하지
날 잡아보라며 물가의 풀숲에서
깜빡깜빡 불빛으로 유혹하는 요염

주변을 밝히지 못하고
날 밝으면 언제 그랬냐는 듯이
자취를 감추어 버리지만
어둠이 오면 또 다시 나타나지

개똥벌레에서 거룩한 반딧불이로
널 잡으러 손사랫짓해 보지만
잡힐 듯 말 듯 허공만 휘젓다가
아쉬운 밤 보내고 이슬 맞는다

물에 띄워 보낸 아픔

일영계곡 맑은 물은 오늘도 서글픈 추억을 안고 흐른다

배곯고 슬프디 슬프게 살다 가신 엄마가 보고파서
학교 수업 끝나고 찾아간 신림동 공동묘지
조그마한 병에 꽃 몇 송이 꽂아두었던 흔적은 간데 없고
빨갛게 까뭉개져 널브러진 구덩이 험하다
빛바랜 머리카락과 몇 개의 잔뼈마디만
하얀 공책 뜯어 정성스레 하나씩 포장하여
까까머리 고교생 책가방에 넣고 발걸음 옮겼지
해는 서산으로 넘어가는데 어디로 갈 것인가
남의 집 초등학생 가정 교사하던 때라
가방에서 이틀간 나와 동행하며 세상 구경시켜 드렸지
버스도 타고 교실에서 수업도 저녁엔 잠도 같이 자고
주말이 되어서야 아버지 계시는 집으로
경관 좋고 물 맑은 곳 일영으로 갔지
아버지의 씁쓸한 소주 한 잔과 더불어
불 태워 가루로 부숴 영원한 안녕을 고하며 기도했지
죽어서도 지키지 못한 사랑하는 사람 보내고
돌아오는 길은 무지하게도 멀었어
교외선 열차는 왜 그리도 늦는지

입에 풀칠이라도 해야 고인을 모시지
가난은 죄라고, 누가 돌을 던질 것인가
산소도 위패도 못 모시는 불효가 되어
기일이 돌아오면 울음과 설움이 북받쳐 오른다
살아생전 여행 한 번 제대로 못 시켜 드렸는데
영혼을 싣고 간 그 맑은 계곡물
지금은 어느 강, 어느 바다를 누빌까
사는 동안 잊을 수 없는 영원한 아픔이다

일영계곡 맑은 물은
오늘도 서글픈 추억을 안고 흐르는데

달리는 자전거

바람을 가르고 달린다
오르막 내리막 평탄하고 험한 길
어디까지 갈 것인지 예약 없이
가면 돌아와야 할 길을
체력의 한계도 잊은 채

두 팔과 어깨 엉덩이
다리 근육 서서히 저려 오면
흔들고 일어섰다 앉고
주위 환경과 풍경은 잊어버린 채
오직 앞만 보고 멀리멀리 달릴 뿐이다

내가 자전거를 타고 가는지
자전거가 나를 싣고 가는지…

청운의 꿈
출세의 꿈
인생은 끝이 있는데
앞으로만 달리는 자전거
무작정 달려가도 되는 것인지

치약 껍질

누르고 짜고 찌그러지고
온통 몸살 앓은 흔적
그마저 모자라 오물통에 뒹구네

오동통 탐스러워
아껴가며 쬐끔 쬐끔
우리 부부 싸움도 많이 했지
뒤에서 눌러야 하는데 앞에서 누르니
모양이 일그러진다고

키가 조금씩 작아감에 따라
피부도 찌그러들고 모습도 변하고
바짓가랑이 접듯 몇 겹 접히더니
급기야 몰골이 이 모양 되었구나

오물통의 너
언젠가 우리들의 삶이고
모습일 것 같아
재활용품으로
너의 위치를 바꿔 본다

풍등(風燈)

발갛게 익은 꽈리 봉지
어두운 밤하늘에 소망 싣고
불 밝혀 높이 오르네

별은 초롱초롱 달님은 방긋
불 붙여 조심스레 하늘 위로 띄우니
흔들흔들 꺼질 듯 작은 생명 하나
하늘을 수놓네

너의 소원 나의 꿈 우리의 바람
예쁜 손으로 정성껏 적어
두 손 모아 기원하며
높이 높이 날려 보낸다

어찌 살아 왔는지
어떻게 살 것인지
네가 누구인지 묻지 않으리
하늘 높이 날렸기에
불꽃 사그라져 목숨이 다 할 때까지
널 바라보며 기도하리

풍등아!
높이 멀리 날으려므나
우리의 작은 소망 가득히 싣고

덧없는 날

오늘 또한 지나가리라

비 맞아 헝클어진 머리
낡은 운동화에 철지난 옷 걸치고
까맣게 그을린 피부 덥수룩한 수염
배만 불룩 나온 중년의 사내
하루의 노동을 끝내고
새우깡에 소주 한 병
볼멘소리라도 지르고 싶어 찾아간 노래방
지불한 예약 시간 지나고
서비스로 준 20분마저 끝나면
어깨 처진 사내는 집으로 향한다
아내는 이미 취침 중
아주 깔끔하게 화장 지우고

오늘을 살아가는 사내는 누군가
내일의 준비는 무엇인가
무대 위의 행동이 실재하는 삶이듯
무대 뒤의 생활도 중요한 것이리
분장을 지우는 배후공간이 필요한 것처럼

돌아설 수도 앞으로 달려 나가기도
두려운 이 땅의 사내
내일도 역시 이러히 지나가려나…

내려놓기

내가 주인 삼은 모든 것
내가 사랑한 모든 것
욕심이었지

오늘을 살기 위한 위선보다
자연에 순응하는 솔직한 마음으로
이 세상 살아야지

어제
오늘 내일
오늘의 이 세상살이는
저 세상살이의 연속된 삶

어두운 밤
별 헤아리는 마음으로
바늘 없는 낚싯대 드리우고
바람에 고요히 퍼지는 물결 같은 삶

제 2 부

봄, 오기만을 기다리는 가

서리꽃/ 봄, 오기만을 기다리는가/ 하얀 이팝꽃
꽃비/ 때죽나무꽃/ 벚꽃 엔딩/ 개망초 왈츠/ 자귀나무/ 봄비
풋내 나는 6월/ 어떤 기다림/ 빈 의자/ 양귀비꽃
욕정/ 허탕/ 무너지는 둑/ 돌고 도는 바람
옷 벗는 숲/ 야릇한 방황
화환/ 겨울비

서리꽃

다사로운 눈빛
하룻밤도 채 못 새우고
모진 바람으로 소복을 입었습니다

먼 데서 가지 사이로 내미는 햇살에
당신 떠남이 서러워
눈물 흘리며 나목(裸木)이 되었네요

오늘밤
또 님의 손길 그리워
오시려나 기다려 봅니다

하얀 솜사탕 서리꽃이
차라리 꽁꽁 얼어버린
얼음꽃 되기를 기도하면서
당신을 기다립니다

봄, 오기만을 기다리는가

하얀 창호지 위에 붉은 피 한 방울
실핏줄 따라 사방으로 멀리멀리 퍼지듯
훈훈한 바람 샛노란 유채꽃 볼 간질이고
땅 끝부터 위로 위로 꽃봉오리 살찌우네

아! 봄이 온다고 난리네
굽이굽이 마디마디 줄지어 출렁이며
정녕 봄은 오고 있는가
또 오기만을 손꼽아 기다리는가

만남은 이별이 있고
가버린 뒤에 오는 것인데
그토록 기다리던 첫눈의 설레임
뜨거운 해변의 그리움은 또 어찌 할 것인가

간사한 인간의 심리
오기만을 기다리고
가는 것을 망각하는 어리석음
가 버린 것에 대한 그리움도 잠깐
그저 현실에 사는 거야

함박눈이 펑펑 내리던 날
코트 속의 다정한 두 손
따사로운 열기 아직도 남아있는데
그 추억은 어쩌고
봄, 오기만을 기다리는가

하얀 이팝꽃

비우면 채우고 채우면 비우는가
벚꽃 지고 철쭉 피더니 이젠 온통
이팝나무가 하얗게 꽃 피워 솜구름 띄우고
은은한 향기 코끝 간질인다

연초록 푸른 잎 피우더니
가녀린 네 잎 눈꽃송이 태어나
별꽃 모양 국수발 수만 개
소녀의 커다란 속눈썹 오므리다 피어나고
여름날의 뭉게구름 두둥실 떠올라
하얀 분 바르고 옷 갈아입은 자태 순박하다

벚꽃이 화사한 여인이라면
이팝꽃은 청순가련한 소녀
벚꽃의 낙화는 어지러워도
이팝꽃의 낙화는 온몸에 서러움 배어
피지 못하고 고스러진 처절함이다

틈새에 이루지 못한 아쉬운 이별은
하이얀 얼굴에 굵은 눈물이 주르륵

뻐꾸기도 서러워 노래하는데
어느새 울창하게 푸르러져
눈물방울 영글어 보랏빛 구슬 되면
옛이야기 꿰어 밤새워 지난일 그리워하자

이팝꽃 피면 하얀 얼굴 그녀가
불현듯 떠올라 아려오는 추억에
향기로운 꽃 숲길 배회하네

*이팝나무: 물푸레나뭇과의 낙엽 교목.
늦봄에 흰 꽃이 피고, 열매는 가을에 보랏빛으로
익음.

꽃비

싫어!
솔솔 부는 가느다란 바람에도
견디지 못하고 흔들려 떨어지는 꽃잎
이리저리 바람에 나부끼며
발에 밟히고 구석에 몰리는 처량한 너의 모습
정말 싫어!

너의 향기
너의 자태
벌 나비에 흠뻑 취하여 흥얼대던
아름다운 모습 어디 갔니

그 추운 겨울 삭풍 견디고 오늘 왔는데
어찌하여 흔들리느뇨 떨어지느뇨
소리 없이 내리는 봄비에
너의 몰골 애처롭구나

떨어진 꽃잎 한 움큼 주워 날려 보낸다
아!
호수가의 수많은 철새보다
임당수의 한 떨기 연꽃이 아름답구나

때죽나무꽃

요란한 꽃 시위가 헐거워지면
푸른 하늘도 한숨 돌리고
뻐꾸기가 노래하며
나무들도 초록 옷으로 갈아입는다

무등산 증심사(證心寺) 가는 길
배지도 아니하고 성깃성깃
작지도 아니하고 아담하게
우거진 초록 잎 사이 순박한 흰 꽃

햇살과 그늘 아래 낮별이 초롱초롱
바닥엔 한 떼의 불가사리가 꿈틀꿈틀
눈 둘 곳 발 둘 곳 몰라
조심조심 마음 비우고
은은한 향기에 취해
때죽나무꽃 어우러진 산길을 간다

벚꽃 엔딩

살랑살랑 바람 강물 흔들더니
참붕어 비늘 은빛을 달고
한길가 나무 등걸 밑에 하얗게
그리움 내뱉는다

비바람 시샘에 나부끼다 못해
그 위에 수채화로 덧칠하고
다닥다닥 모자이크 되어
잊히지 않은 추억 새기고 흩뜨린다

꼭 이맘때면 찾아와
홍역을 앓게 하는 꽃비
노란 우산 여인의 MP3에서
벚꽃 엔딩 음악이 잔잔하다

개망초 왈츠

아지랑이 춤추며 움잎 파릇파릇
사방에 초록 물감 수채화 넓혀가고
눈길 주는 사람 아랑곳없이 더 넓게 푸르게

산허리 휘도는 바람 따라 휘파람 불며
묵정밭 깡마른 들판 산모롱이에
나물 캐는 그녀의 손톱에 푸른 물들이네

귀찮은 풀이라고 얕잡아 보지 말고
흔한 꽃이라고 밟아 버리지 마소
아직은 꽃이 아니라도 밥상에 오르고
온 천지 하얀 꽃 피면 그대 가슴 울리리

무엇이 옳은지도 모르는 혼돈의 삶
갓 피워낸 개망초꽃 물끄러미 바라보며
해맑은 하늘 종다리 비비배배 비비배배
산들바람에 어우러지는 개망초 왈츠

자귀나무

자귀나무 꽃그늘 아래
볼 불그스레한 성숙한 여인 어우러져
초여름 시원스런 한 폭의 그림

봄꽃들 서둘러 필 때 느지막하게
메마른 가지에 잎 움트더니
초여름 되어서야 조용히 부챗살 펼치었네

기다랗고 가느다란 연분홍 깃털
여인의 볼연지 그리는 수채화 붓
햇살 밝은 하늘 물들이고 소곤소곤

저무는 날이 서러워 어긋난 잎 서로 포개고
오지 않는 임 그리다 지쳐 늘어진
까만 밤 너의 모습 안타깝구나

봄은 가고 여름은 또 짙어오는데
하루하루가 소중한 기다림 속에
그 날을 준비하는 골드미스 화사한 얼굴

*자귀나무: 콩과의 낙엽 활엽 소교목, 높이는 3~5m.
잎은 깃 모양의 겹잎인데 밤이 되면 오므라듦, 6~7월에 실처럼 길고 붉은 꽃이 핌.

봄비

소리 내어 울지 못하는 사람
여기 있다

다소곳이 뿌려놓은 씨앗
연약한 새싹 수줍게 고개 들고
가녀린 꽃잎 갓 피었는데

싱그러운 봄바람 타고
어렵사리 다가온 그녀가
혹여 다칠까 봐
행여 갈까 봐

조용히 내리는 봄비
흠뻑 젖어 버린 나

겨우내 참았던
기쁨의 눈물
마냥 조심스러워
소리 내어 울지 못하네

풋내 나는 6월

유월의 싱그러움
연두에서 초록색으로
하얗고 노란 꽃에서 붉은 꽃으로
서서히 변해 가는 계절의 흐름

두터운 옷에서 얇은 옷으로
긴 팔다리에서 짧은 민소매 반바지로
뜨거운 햇살과 바람에
무언의 약속인 양 어쭙잖게 어우러진다

숲속의 새들도 도심의 참새도
바람에 나부끼는 초록색 잎새도
왈츠에서 맘보로 브레이크댄스로
귀에 익은 빠른 템포
음악에 도취되어 하나가 되어간다

살 만한 세상이 오나 보다
아직은 풋내 나는 6월이지만…

어떤 기다림

그립다
보고 싶다
못내 그리워 잠 못 이루고
가슴 저미며 몸서리친다
그대 사랑하기 때문에

기다린다는 것은 만나기 위함인데
만나서는 아니 되는 것이기에
부질없는 마음으로
무작정 기다린다

끝내—
세월은 기다림만 주고
운명적 인연 오직 하나
삭정이 같은 기다림

빈 의자

저기
비어 있는 의자 하나 있습니다
늘 누군가를 기다리는 망부석
오늘도 홀로 외롭게

멀리서 보면 텅 비어
누군가를 기다리지만
다가서면 거부하는 몸짓

임자 없는 의자
처음부터 주인이 없었기를
기대하면 너무 잔인할까

아무 일 없던 것처럼
그냥 못 이기는 척
그냥 모르는 척 받아주면 될 텐데
아픈 상처 잊고 부드러운 마음으로

여기
비어 있는 의자 하나 있습니다

비바람 견뎌온 쓰러질 듯
흔들거리는 의자
그러나
사랑의 손길로 재활할 수 있는
빈 의자 하나

양귀비꽃

아침 이슬 살포시
가녀린 줄기에 솜털 보송보송
작열하는 태양에 봉긋한 봉오리
서서히 입술 열려
매미 얇은 속 날개 꽃잎 빨갛게
시뻘겋게 핏물 머금고
넘치지 않을 만큼 온몸 벌려
하늘 향해 임을 맞이하는 요염
아! 어지러워

욕정

예측할 수 없는 여름날
힘차게 피어오르는 뭉게구름
한바탕 퍼붓는 소나기
따가운 햇살 가고
허수아비와 참새 술래잡기
오싹!
옷깃 여미며
수그러드는 옹졸한 육신
마음의 향기인가
몸뚱어리의 향연인가

허탕

어항 속의 빨간 금붕어
진열장 속 빛나는 보석
쇼 윈도우 안 마네킹
순간의 호기심
투명한 장벽 갇힌 차가움

역전 골목길 홍등가 분내음
첫눈에 혼을 앗아가는 이성
짝사랑 연인
흔들리는 조바심
닿을 수 없는 혼돈의 회오리

저들은 탐하지 않는데
홀로 울렁이는 마음
어쩔 수 없어
먹먹하다

무너지는 둑

천천히
조금씩
넓고 깊게
딱딱함이 부드럽게
호수가 되고 바다가 되어
하나가 되었네
무너지고 나니 이렇게 편한 것을
무너져야 해
가로 막는 것이 없어야 해
점차 뜨거워지는
물속 개구리가 아닌
물을 머금은
흙과 종이가
슬며시 풀어지듯이

돌고 도는 바람

계절 따라
사랑은 돌고 도네

뜨거운 열기로
온 몸뚱이 휘감기는 어지러움

푸르고 높은 하늘
살찌우는 바람에 사랑은 익어가고

매운 삭풍에
식어버린 몸

옷깃 속으로 스며드는
바람에 다시금 고개 드는 열정

돌고 도는 바람
사랑의 윤회

옷 벗는 숲

두루뭉술 하나의 무더기로
푸르름 속에 꽁꽁 감춰두고
멍울진 가슴에 깊숙이 묻어두었는데
세월이 가만히 두질 아니하네

오를 때는 한 치 앞도 보이지 아니하던 숲속
내려오는 길엔 훤히 들여다보여
무질서 속에 어지럽게 뻗은 줄기
욕심으로 점철된 오장육부
하나씩 벗겨져 드러나는 것들

짙은 화장으로 겉만 번지르르
억지 미소로 속을 감추고
웅크리고 펼치고 옹졸하게 살아온 삶
심판 받아야 할 날
우수수 낙엽 되어 발가벗는다

벗겨진 숲 사이로 잔잔히 물결 일고
청둥오리 떼
서녘 하늘로 날아오른다
가을 깊어가고 겨울은 오고

야릇한 방황

비 오고
바람 불고
가을도 왔지만
이미 들떠 버린 마음
채우지 못한 허허로움
의미 없이 바람에 날리는 낙엽
넓은 들에서 구석으로
구석에서 휘몰아쳐 담장 밑으로
엉켜서 운다 소리 내어
어둠에 갇히어 속살을 비비대다
빗자루에 쓸려 부대자루에
정든 곳 떠나가네
야릇한 방황은
또 시작되고

화환(花環)

하늘의 영혼이 하얀 구름을 타고
까만 머플러를 흔든다

빨간 꽃무리가 홍겨운 나래를 펴고
분홍색 머플러를 두른다

너는 가운데 나는 저 끝 변두리에
삼각다리 버티고 서서
무거운 침묵에 잠겨 졸고 있다

꽃은 외롭다
벌 나비가 웅성거리지만
멀뚱하게 머플러만 바라볼 뿐

어차피
선택되어 여기까지 왔으니
소원 이루소서
하늘에서 땅에서 잘 지내시구려

겨울비

하얀 함박눈 온 세상에
눈 위 하트모양 사랑의 맹세
아직도 생생한데
때 아닌 겨울비가

떨어지는 곳마다
날카로운 송곳 흔적
가슴 패이는 아픔
눈물 되어 흐른다

하얀 눈 위에 남겨진 추억
송두리째 앗아가는 무자비
커다란 찐빵처럼 부풀어 올랐는데
폭삭 쪼그라든 빼빼로가 되었네

겨울비는 스승
정신 차리라네
포장된 세상
꿈이 아닌 현실로 젖은 삶을 보라네

예전의 설레임
아직도 살아 숨 쉬는데
그것마저 녹아버리게
죽비야 쏟아져라

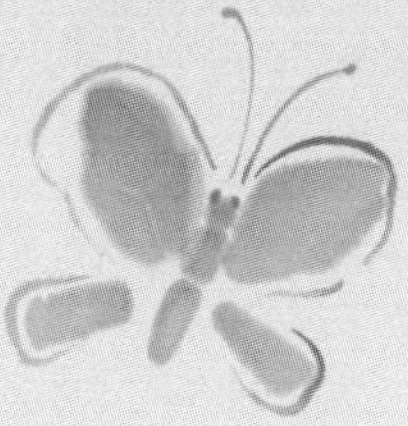

제 3 부

나비 한 마리

겨울 호수/ 소나기/ 나비 한 마리/ 복날의 단상
쫓기는 고라니/ 자작나무 숲/ 하얀 옥수수/ 가을이 탄다/ 우듬지
가을비/ 길 떠나는 철새/ 가을 이별/ 찬바람이 불면/ 철 잊은 장미
가을 산모롱이에서/ 체념/ 마지막이라 말하자
고압 전신주/ 책갈피 속의 소녀
지독한 인연/ 악기는 운다

겨울 호수

계절 바뀌가며 피던 수중 꽃
마른풀 되어 찬바람에 흔들
호수에 잔잔한 여울 하나 둘
하얗게 언 채 이별의 장막에
길 잃은 사랑 되어 옴짝달싹 못하네

손의 온기로 따스해진 주머니 속 돌 하나
오래된 추억 어스레 솟아올라
잊혀질 듯 떠오르는 얼굴
여름 날 던진 돌은 바닥에 닿았는데
엄동설한 추위엔 막돌 되어 호수 위를 뒹구네

코끝 시린 칼바람 눈발 날리는 호수
마른풀 서걱이는 애달픈 사연
부서지는 가슴 남겨 두고
투명한 얼음 위 갈 길 잃은 돌 하나

소나기

후드득
후드득 쏴—아
창 너머 시선
초점 잃어간다

늘어진 빨랫줄 바지랑대 끝
고추잠자리 날아가고
개구쟁이 사내들 옷 홀랑 벗고
하늘 향해 입 벌린 장독대
멍석 위 나부랭이
무명 빨래 걷기에 종종걸음 바쁘다

초가집 처마 밑에 꼬마들 모여들고
시골 장터 할매 바지런 떨 때
장작불 순댓국집 막걸리 잔 동나네

햇볕 짱
언덕 위에 쌍무지개
상큼해진 병풍 치고
호랑이 장가가는 날인가

입가에 미소를
소나기에 띄워 보낸다

나비 한 마리

이제 갓 허물 벗은
하얀 나비 한 마리

때 이른 봄
꽃샘바람에 힘겨운 날갯짓

듬성듬성 하얀 냉이꽃
노란 민들레꽃 수줍게 너를 반기는데

푸르고 넓은 강 가로 질러
먼 여행길 어딜 찾아가니

너의 모습 애처로워
나마저 힘들구나

복(伏)날의 단상(斷想)

온 하늘 불길 머리에 끼얹고
뜨거운 볕 내리쬐는 불볕더위
푹푹 찌는 무더위 사람 잡는데
아직도 말복 남았네
흐느적거리는 몸 추슬러
바다로 계곡으로
원기 보양 위해 입맛 살리고

지금은
더위가 한창 기승을 부리는 시절
멍멍이 달구새끼 꼬리치고 모이질하지만
복날 되면 숨 막힐 듯 애원하며
토하는 울음 누가 알아줄까
참새와 허수아비 숨바꼭질하고
구절초 하얀 꽃 피우고
귀뚜라미 풀숲에서 울 때
우리는 애완이라는 이름으로 같이
노래할 수 있을까

쫓기는 고라니

산과 숲 파헤치는 중장비 소음
다람쥐 산새 떠나고 고사리 더덕 묻히고
삶터 뭉개져 가는 계곡에 갇혀
작은 움직임에도 놀라 줄행랑

밤 되면 먹거리 찾아 헤매는 위태로운 발걸음
서너 평 남짓한 주말텃밭 상추 근대 아욱
잎만 먹으면 또 싹 나오련만 뿌리째 파먹으니
너는 하루살이구나

숨 막힐 듯 답답한 마음 넌 알까
동네 사람들 덫을 놓아 널 통째 잡으라네
푸른 숲 넓은 자연 서로 즐기며 지내왔는데
이젠 종족을 멸하려는구나

순하디 순한 너
빨간 불 켜고 방황하는 두려움
너의 울음소리 서글픈 노래 되어
어두운 밤 깨우는 날 다시 오려나

자작나무 숲

한 가닥으로 올곧지도 못하면서
속에 쌓인 그리움 하얗게 밖으로 내뿜고
빼빼로가 되어 하늘 향해 위로 위로
어디까지 오르려나

산속에 혼자서는 의미 없는 나무지만
무리지어 숲을 이뤄야만 제 구실하는 너
무성한 잎 피울 땐 몰랐는데
벌거벗은 너의 모습 아찔하구나

쭉쭉 빵빵 하이힐 여신 되어
날씬하고 하이얀 민살의 곤혹스러움
그 모습에 취해, 향기에 취해
미소 짓던 지난날의 기억들

'자작나무 숲속의 카페'
은은하게 따스해지는 화목 난로
기름진 자작나무 땔감이었지
옷깃 여미며 추억에 젖어
눈 덮인 자작나무 숲길을 걷는다

하얀 옥수수

까맣게 잊었는데
불현듯 떠올라 홍역을 치르네
옥수수가 하얗게 익어 갈 때면

날씬한 몸매
바스락 거리는 갈색 바바리
하이얀 머플러 속살 꼬옥 감추고
금빛 머리칼 가벼운 바람에도 흩날리며
연분홍 입술 살짝 벌려 미소 띠면
가지런한 하얀 이빨 그리도 고울 수가
머리 쓰다듬고 빗질하며
머플러 한 겹씩 벗길 때면
온몸 저려와 눈을 감지
차마 지난날이 그리워
끓는 물에 삶지도 못하고 안절부절
못 다한 너의 체온 느끼며
부서질까 보석 만지듯 조심조심

푸른 가을하늘 뽀얀 구름
너의 모습 재현하고 흘러가는구나
나도 널 따라 흘러간다
추억에 잠겨 정처 없이

가을이 탄다

가을은 남성의 계절이라지만
남자가 가을을 타는 것이 아니라
멋진 사내를 보는
가을이 스스로 타는구나
더불어 너도 타고 나도 타고
초록 노랑 불그스름하게
온 세상 한 폭의 수채화
들녘 허수아비도 멋을 부리니
누렇게 곡식도 여물어가네

우듬지

하늘이 가까울까 땅이 더 가까울까
의지할 곳 없는 허공에서
먼 곳을 바라보며 꿈을 키우네

까치와 까마귀 놀다 가고
빨간 잠자리라도 잠시 쉬었다 가면
남겨진 따스한 정
그리워 몸을 떨지

가끔은 찢어지는 아픔도 있지만
늘 혼자 겪는 고통이라
조용히 견딜 줄도 알고
추운 겨울이면 벌거벗어 떨어도
실오라기 핏줄은 뜨거워

바람 잘 날 없는 곳
한 가닥 줄기에 부푼 꿈 싣고
오늘도 흔들흔들
낭만에 젖어 하늘하늘

가을비

가을비—
들녘엔 붉고 노란 물감 뿌리고
비에 젖은 삽살개 꽁지 빠진 달구새끼
하릴없이 텅 빈 마당에 어슬렁어슬렁

노랗게 잘 익은 벼
핏빛 수수
빨갛게 물든 고추
내리는 비가 싫어
함초롬히 고개 숙이고

낡은 옷 할배 허수아비
밀짚모자에 빗물 흐르고
찾는 이 없이 시름에 잠겨
넓은 들판 홀로 지키네

허허로운 마음
잊혀진 사람 그리며
텁텁한 막걸리 한 잔 들고
다가가 시름을 달래 볼까

길 떠나는 철새

머-언 산
가까운 하늘에
까맣게 점 점 점
그림 그리며 수를 놓으며
무리지어 울고 간다

왔다고 떠난다고 또
올 것이라고
그리움과 기다림
안타까움에 서녘 하늘 물들었다

가지 못하고 남겨지고
잃어버린 친구도
하나 둘 있지만
우리는 떠나야 해
길 떠나는 나그네이기에

가을 이별

이제는 가야만 하는 계절이지만
다시는 못 올 이별일 것 같아
오래도록 붙들어 두었습니다

머무를 수 없음을 알면서도
양팔 벌려 떠나는 길 막아 보지만
이별 뒤에 오는 아픔이 두려워 망설였습니다

떠나는 가을이 못내 서러워 눈물 뿌리고
아직도 물들지 못한 파란 단풍 몇 잎
흔들리는 가지에 매달려 이별곡을 연주합니다

쌓여있는 갈색 낙엽 위 도토리 몇 알
앙상한 가지 끝에 매달린 붉은 홍시
오색 이파리 양탄자 깔고 아쉬운 송별식을 합니다

참새가 떼를 지어 박수치고
우짖는 까치 손님을 모셔오고
까마귀가 수준 높은 축가를
퇴색된 낙엽들 지난날의 이야기 사그락사그락

가을의 꽁지가 길면 바로 추운 겨울이 오기에
몸은 차가워도 마음은 따뜻한 미소가 되어
햇볕 내린 사이로 그 새 그리움을 헹구어 봅니다

가을아 안녕히—
잘 가…

찬바람이 불면

소슬바람에 맑게 닦인
높고 푸른 하늘
노랗고 붉은 잎새
억새밭 은빛 물결
잔잔한 호수 고요를 읊조리네

어느새 찬바람 불어
기러기 날고
빛바랜 낙엽 뒹굴고
쭉정이 억새 하늘하늘
움츠리는 계절 되었네

가슴 한 구석 시리고
텅 빈 들판
살얼음 어는 하얀 눈썹달
몸과 마음 동여맨다
휘—익 옷깃 여미는 찬바람
까닭 모를 외로움에 휩싸인다

철 잊은 장미

붉은 장미 한 송이
된서리 추위에
거무뎅뎅 멍들었구나

허구한 날 기다리다
봉오리 피웠건만
벌 나비도 잠들었고
향기마저 잃어

찬바람에 낙엽 뒹굴고
찾아오는 이 반겨주는 이 없으니
길가의 앵벌이 신세
서글픈 눈으로 지나치네

따스한 화병에 꽂아두고 싶지만
붉은 피 흐르는
너의 마음 몰라
그대로 두고 발길 옮긴다

가을 산모롱이에서

나뭇잎 속삭여 바람 일구고
바람은 내 몸 흔들어 노랗고 빨갛게
물든 내 마음 두둥실 홀씨 되어
그리운 추억 찾아 파란 하늘 날으네

한 아름 가슴 벌리고 달려와
감히 내놓을 수 없는 사연들
눈망울 속에 묻어 두고
먼 하늘만 바라본다

온통 세상은 수채화
살랑이는 바람은 억새와 색 바랜 들풀을 흔들고
기쁨과 슬픔 고독과 행복
욕심 비우고 마음대로 가져가라 하네

가을은
가을이 아니었네
가을은 자연에서 나에게로 왔는데
이제 가을은 나의 마음에서 나아가네

길 잃은 고라니 한 마리 뛰어놀다
익어가는 가을 산모롱이에 서서
파아란 하늘 한 번 쳐다보고
물끄러미 뒤를 돌아본다

체념(諦念)

넓은 바다에 떼 지어 놀다가
어둔 밤 밝은 불에 유혹되어 끌려왔을 뿐
얼마나 무거운 죄를 범했다고 이 무서운 형벌을
배를 열고 속을 훑어버린 헛 몸뚱어리
양쪽 귀를 뾰족한 화살로 꿰어 옴짝달싹 못하게 붙들어 매고
차렷 자세로 하늘 향해 머리 들고
다리 벌려 무서운 체형 당하고 있다
심지어 껍질까지 벗겨 놓고
수시로 늘리고 잡아당기는 고문

벗어날 수 없다면 체념하고 현실을 즐기자
품었던 모든 암 덩어리를 뱉어 버리고
아주 시원스럽게 자연을 맞이하자
햇볕과 바닷바람에 흔들리는 요람처럼
줄에 매달려 주렁주렁 음표가 되어 춤을 추자
바람에 실려 리듬을 타고 콧노래를 부르자
잠시의 고통이 용서로 변하는 과정
고독한 시인의 메마른 입에 소주의 안줏거리
말랑말랑한 오징어로 행복해 하노라

우리 인생의 고통과 휴식인 것처럼…

마지막이라 말하자

'한 번 더' 라는 말은
얼마나 여유로운 말인가
그러나, 거추장스러워 싫어
한 번 사는 삶인데
언제 또 한 번을 위하여 낭비하나
모든 것이 마지막이라 생각하고
다짐하며 행동하면
최선을 다하고 후회도 없지

다시 올 수 없다는 것
이 얼마나 야릇하고 설레는 일인가
죽을힘을 다하여 몸부림칠 테니까
우린 늘
이것이, 마지막이라 말하자
헛된 생각들 하지 말고…

고압 전신주

먼 산 아스라이 능선과 능선을 따라
계곡을 넘고 봉우리를 넘어
나 홀로 묵묵히 서 있네
몇 가닥의 늘어진 굵은 줄로 연결되어
어디서 시작되어 어디로 가는 것인지

우연히 마주친 눈
쿵덕거리는 가슴
허공의 텔레파시
못 이룬 사랑 어디로 가나

다가가니 접근금지 요란한 경고문
웅장하고 하늘 닿을 듯 뻗어 있네
윙윙 소리와 더불어 고압의 전류
겁에 질려 쪼그라든 몸과 마음

따스한 눈길 한 번 주지 못하고
손 한 번 잡아보지 못하고
뜨거운 전류에 혼자 감전되어
옴짝달싹 못하네

어느 외딴 곳에서 시작하여
고압의 뜨거운 전류를 보내는데
언젠가는 땅속으로 들어가겠지

허공으로 홀로 보낸 뜨거운 정
댕그라니 전봇대가 되어
전선 없이 녹슬어 가겠지

책갈피 속의 소녀

성큼성큼 계절은 또 돌고 돌아
뜨겁게 끓던 여름도 맑은 하늘 따라 서늘해져
푸르름이 노랗게 물들어간다

손길에서 멀어져 먼지에 포장된
세월만큼 빛바랜 옛 시집을 들추다
소월의 '초혼'에 첫사랑의 소녀가 주워준
노오란 은행잎 책갈피에서 꿈을 피워낸다

하얀 칼라에 자주색 교복 부끄럽게 볼을 붉히고
검은 교복에 책가방 허리에 끼고
신촌역에서 가좌역 기찻길을 걷던 날
아름다운 꿈의 대화를 나눴었지

노오란 은행잎 속에 너는 미소 짓고 있구나
난 잘 살고 있다고… 그러나
아직도 나는 너의 하이얀 얼굴이 맴돌아
괜스레 만날 수 없는 평행선의 철길을 걸었나 봐

지독한 인연

맑은 가을날 들녘에 누워 하늘을 본다
반짝반짝 온통 별로 가득 찼다
넓은 우주 공간이라지만 빈틈없는
그 무한의 세계를 보았는가

나는 누구고 당신은 누구인가
우연의 만남이라 해야 하나
아니, 이걸 인연이라 하는 것인가
젊어 만나 죽을 때까지
함께하는 유일한 사람

사랑하고 다투고 고운 정 미운 정으로
누구는 한 번도 다퉈본 일이 없다지만
여하튼? 부부!
지독한 인연이다, 조건 없이
애틋하게 사랑해야 해

악기는 운다

어제까지도 가을이었는데
갑자기 영하의 기온 코와 귀 시리다
첫 추위에 바바리코트 깃 세우고
빈대떡에 막걸리 몇 사발
가끔 들르곤 했던 낙원상가로 발길 돌린다

여러 가지 악기가 제각기 운다
손으로 뜯고 두들기고 누르고
입으로 불고 빨아들이고
발로 밀고 당기고
저마다 웅알거리는 소리 화음 되어
귀 익은 음률에 어깨 들썩
홍에 겨워 온몸 바르르

서투른 연주로 한바탕 흐드러지게
춤을 추던 또렷한 기억
하나로 어우러진 신의 악기였지
온갖 소리에 자연스런 하모니
몸의 율동 짜릿한 전율

그날의 온기가 아직도 아련한데
슬그머니 찬 공기에 숨 돌리려
다시 코트 깃을 세우고
인사동 골목을 나선다
뒹구는 낙엽 밟으며 발길 닿는 데로

제4부

굽잇길 볼록거울

푸른 갈대

바람에 흔들려 은빛 물결로
혼자서 울어야만 갈대인가

아직은 젊고 푸르른 갈대
힘차게 하늘 향해 높게 높게
저마다 고개를 빳빳하게 세우고
바람이 불어와도
맘 내키는 대로 고개도 돌려보고
꽃대를 힘차게 밀어 올리며
비바람에 부대끼며 혼자 울다 그치지
세파에 시달리다
힘이 다하는 날이면
그만 퇴색되고 마는 것을

연륜이 쌓이면 사람은 무디어도
갈대는 욕심을 비워 가벼워지지
그러나, 어린 나는
자연에 순응할 줄 모른다고
아직은 갈대라고 부르지 않나 봐

신용카드

$8.6cm * 5.4cm = 46.44cm^2$
한 줌도 안 되는 것이 무엇을 품고 있기에
사람들의 인생을 손아귀에 넣고
웃고 울릴까

난 요술방망이
나만 있으면 만사 오케이
백화점 면세점에서 명품 걸치고
고급 술집 가고
재래시장 골목상가에서
빈대떡에 막걸리도 먹지

배고픈 이들에겐
마이너스라는 것까지 제공해 주니
빛 좋은 개살구인지 모르겠다
없는 사람 언제 갚니
신용불량자도 되는 거야

인간들 참 웃기지
필요할 때 무지막지하게 부려 먹고

내가 없으면 아무 것도 못하네
날 잃어버리면 안절부절 당황하여
나의 생명줄 끊어버리고
우리의 깊은 인연
처참하게 두 동강내더라

하늘과 땅을 오가는 우리네 인생
주인을 잘 만나야 해
백화점 명품인가 길거리 싸구려 물건인가
룸살롱일까 대폿집일까
나— 신용카드
참 요사스러운 거야
그지?

준비되지 않은 삶

어제 밤
유명을 달리 했다네 뺑소니 교통사고로
아직 젊고 건강하고 이제 살 만했는데
마누라와 딸 넋 나가 울지도 못하고

헝클어진 책장엔
인생수업, 상실수업, 죽음을 위한 준비
이 책들이 무엇에 필요했는가

삶과 죽음의 갈림길
미리 준비할 수도 없고
그냥 왔다 가는 인생인데
운명이라는 의미를 부여하려는 억지

준비되지 아니한 죽음은
결국 준비되지 못한 삶
우린 아무것도 모르고 살아가는 것인지

태어남은 축복인데
죽음은 왜 예고가 없을까

아마도… 있었을 거야
준비 못한 인간의 잘못이지

정말 그럴까?

미늘

에덴동산이 어디에 있는가
세상은 상부상조하면서 엮어지는가
시계의 톱니바퀴는 혼자 돌아가는가
모두가 물리고 물리는 세상
이것을 조화라고 하는 것인지

사람 월척, 재물 월척, 고기 월척
꿰어 낚아 올려진 월척들
각기 다른 형태의 갈고리에 걸려
웃고 울고 허우적거리며 버둥거린다
너는 어느 미늘에
나는 어떤 미늘에

*미늘 : 낚시의 끝 안쪽에 있는 가시랭이 모양의 작은 갈고리.
(물린 고기가 빠지지 않도록)

고통의 향연

고통 뒤엔 소망이 이루어지지

하늘은 아파야 비가 오고 눈도 오고
바람도 아파야 휘몰아친다

해는 괴로우니 기울고
달은 외로워서 밤에 떠오른다

사랑도 아파야 사랑이다
아픔 뒤에 나도 태어나지 않았는가

아프면서 커가고
앓으면서 늙어가고
많이 아프니 영원히 편안하더라
그래서 고통을 사랑한다

자동차계기판 불이 깜박깜박

오늘 하루도 저물어가네
함께 해 온 많은 날들
서로 바라보는 사랑의 눈빛
서서히 메말라 가는 우아한 아픔
인생의 끝자락

어두운 밤 비는 내리고
희미한 기억
살아온 날들 전조등 불빛에 얼룩지며
안개 속을 달리는 자동차
계기판 불이 깜박깜박

가시에 찔린 통증
사랑하는 사람 이별의 아픔
손이 아픈데 발을
마음이 아픈데 몸을
철부지 인생인가
상처가 어디인지 모르고 달리고 있으니

오늘은 잘 살았는가

또 하루가 지나는데
자동차 계기판 불이 깜박깜박
어디가 아픈지
얼마나 갈 수 있을련지

먼 날 지나고 보면

머—언 날 지나고 보면
오늘이 그리울 거야
가장 힘들고, 가장 행복했던 날일 거야

숨이 멈출 것 같은 괴로움
좋아 어쩔 줄 모르던 희열
죽을 것만 같고
세상이 뒤집히고 미쳐 버릴 것만 같던
생각조차 싫은 지난날의 일들이 있었지만
우린 모두 오늘을 살고 있잖아

삶이란 알 수 없는 것
그 매력 때문에 살아가고 있지만
행복만은 아닌 것 같아
불행한 것도 아니지만

그러나
남아있는 먼 훗날도
또 그렇게 살아가지 않을까

달팽이

허망하게 속 텅 비어
달랑 남아있는 달팽이 껍질을 본다

파란 하늘에 제트기 하얀 줄 남기고
논두렁에 벌레 기어간 흔적인 듯
하얀 줄 그어놓고 넌 어디로 사라졌니

아뿔싸…
방금 아름답게 지저귀던 파랑새
널 물고 갔나 보다

무거운 짐 짊어지고 얼마나 힘들었을까
두꺼운 갑옷 속에 숨길 수도 있었을 텐데
넌 그런 기술도 없었나 보다

어찌 너의 깊은 뜻을 알랴마는
다음엔 무거운 짐일랑 벗어버리고 오렴

또 다른 달팽이 그 길을 가고 있다
끈적끈적한 물길 남기면서

매미

'맴맴메엠—쓰르람—'
'맴맴메엠—쓰르람—'
'나 좀 살려 주세요'
'나 좀 살려 주세요'

무더운 여름 시골 작은 골짜기
번갈아 외쳐대는 저 소리
텃밭 일손 멈추고 땀 훔치며 생각에 잠긴다

호두나무 위에서 울어대는
매미 울음소리
구십고개 치매로 고생하는
이웃집 노인네의 외마디

가냘픈 날개 부르르 떨며 우는 매미
하이얀 모시옷 입고 누군가를 부르는 애절함
지금 놓치면 다시는 들을 수 없지

매미 울음소리 끝나는 날
노인네의 간절함도 떠나가리니

매미야,

겨울을 나고 내년에 또 와 주렴

널 따라 위로받는 저 노인네를 위해

넝쿨

좋아해 사랑해
멋모르고 서로 어울렸지
차츰차츰 변해가는 너의 본성

큰일 났어 미워해
이미 늦었지만 이제라도 헤어져야 해
아니면 너 죽고, 나 살고

잎새 떨궈 발가벗은 채
휘어 감긴 키 큰 나무
헐떡이며 숨 고르지만

너는 푸르게 움트고
나는 삭정이 되는
갈림길에 선 불행한 인연

사랑, 그 눈맞춤

성공한 사랑이 결혼이라면
가장 멋진 사랑은
이룰 수 없는 사랑 아닐까

안 보면 그리워
애타는 마음 허공에 날려 보내고
홀로 발 동동거리며
가슴 마르는 그리움

볼 수 있는 공간에서의 몸부림
보고도 다가가지 못하고
어쩌다 고개 돌릴 때
마주치는 불타는 눈맞춤

잡을 수 있으나 다가가지 못하는
이룰 수 없는 사랑
아프고 뛰는 심장
그냥 그대로 사랑이어라!

이 겨울, 풀벌레 소리라도…

살을 에는 엄동설한
찬바람에 문풍지 울고
사락사락 눈 내리며
기러기 울음소리마저 삼켜 버린
적막한 겨울밤

계절을 잃어버린
나는
어디쯤 섰는지 모르겠구나
가만히 귀 기울여
살가운 소리라도 들었으면

길가의 노숙자
기름 아끼려 동사한 노인
30대 젊은 여성 싸늘한 주검이 미라 되고…
스스로 떠난 것도 아닌데
겨울이 떠나보낸 것도 아닌데
아무 말이 없네

눈 위 발자국

팔자걸음 안짱다리걸음
하나였다가 둘이였다가
헝클어져 무리 속으로
모두 어디로 갔나

발자국 남기고
뒤 돌아본다
에그 왜 발자국이 미울까
조심스레 잘 걸어왔는데

다른 발자국은 어떨까
순간 함박눈이 흠뻑
흔적을 덮어 보이질 않네
내 것만 보고 비교하지 말라네

새로운 눈길 다시 걷는다
그러나 똑 같은 걸 어쩌나
지금이라도 고쳐 보자
아직은 살아있으니

해나라 여행

아침부터 해나라 여행 준비
어느덧 서녘으로 감추어 보이질 않네
그렇게 수년이 지나 버렸어
해나라 가는 여행은 예매가 없다고
해가 하늘에 떠있을 때
보일 때 가야 한다네
안 보이면 찾아갈 수가 없어서

따스워 뜨거워 시원해 차가워
차가워 시원해 뜨거워 따스워
급열과 급랭의 반복이지
먼저 두들겨야 하고
나중에 두들겨야 하고
할 수 있을 때를 놓치면 안 돼
달구어졌을 때 두드려야 해

불을 향하여 돌진하는 불나방
전등불이면 살고 모닥불이면 죽지
그래도 해나라를 가고픈데
살아서 돌아올 수 있으려나…

굽잇길 볼록거울

– 자화상

굽잇길 홀로 서 있는 볼록거울
계절이 바뀌어도 변함없이 한 자리에
노란 차 하얀 차 검은 차
오는 녀석 가는 녀석
모두 맞이하고 사라질 때까지 보여주고
또 말없이 기다리지
멈춘 현실과 움직이는 세상
피사체에 담았다가
허허롭다고 금세 비워 버리네

부질없는 사람들
걷어차고 들이박고 쭈그러뜨려도
묵묵히 베풀기만 하지
늘 반짝이며 밝은 얼굴로
삶을 초월했는가 봐

굽잇길 볼록거울
모든 욕심 다 버리고
오늘도 묵묵히 그 자리에

부표(浮標)

바람 따라
물결 따라
갈 길은 많은데 갈 곳이 없구나

꽁꽁 동여매여
이러지도 저러지도 못해
가고 싶은 욕망 가로막힌 곳

사랑했지만 이루지 못한 사랑
가고 싶지만 가지 못하는
붉은 신호등 거기 서 있네

이끼와 해초 어우러져 머물고
이따금 갈매기 철새 노닐다가
읊조리는 사랑노래 물결 타고
하얗게 흔적을 남기며 이별하네

삶의 진리를 찾아나서는
번민을 뒤로하고
망설임 후회 탄식이 없는

부동의 마음으로
오늘도 출렁이는 물결
너의 숨결에 산다

회전목마

화려한 불빛 아래
휘황찬란한 장식하고
아무것도 모르고 돌아가는 회전목마
머플러 휘날리며 웃음 짓는 여인

목마는 아무것도 모르고
태연하게 돌아가고
여인은 즐거워 웃음을 짓는데
용맹성 충성심 약자를 배려하는
기사도 정신은 어디 갔는가

인생은 돌고 도는 거야
요란하고 찬란하게
남의 표적 되어
언제 공격 당할지 모르고
머플러가 바람에 날려
땅에 떨어지더라도

놀이동산의 회전목마
오늘도 힘차게 돌고 있네
마상의 그 여인
아직도 웃음 짓네

연(鳶)

푸른 하늘 더 높이 멀리
빳빳하게 풀 먹인 연실에 매인 채로
눈 덮인 넓은 들과 강 언덕
산 정상 향하는 세상의 지킴이

탱탱한 연줄에 느껴지는 짜릿함
가늠 없이 올랐다가 주춤주춤
정지해 버린 한 마리 새
멀어진 만큼 욕심은 부풀었는데
더 갈 수 없어 제자릴 맴도네

풀린 실타래만큼 허망한
얼레에 감긴 고통과 한숨
연(緣)마저 끊어지면
비 맞고 찢기어 나뒹굴고

온몸에 퍼지는 전율
나래 펴고 꿈을 꾸며 즐거워 하지만
언제까지 버티기로 견딜 수 있으리
푸른 하늘 얽매인 연줄에서

업그레이드(Upgrade)

강화도 동막리 초록별펜션
내비게이션에 혼줄 묶었다
경인고속도로에서 김포에 들어서자
별나라로 헤매기 시작한다
이정표와 내비게이션 따로국밥이다
음성지시대로 가다 보니 막다른 골목에
높다란 회색 아파트 단지
화면엔 길이 없는 넓은 들판
멍한 상태로 일단 차를 멈추었다
어디로 갈 것인가

급변하는 환경 쏟아지는 정보
옛것에 머무른 퇴보가 한숨짓는다
발목 잡힌 보수가 진보를 나무란다
변화와 발전에 방향을 맞추어야 하는데
몇 년 전 프로그램으로
오늘을 살아갈 순 없지
필요한 업그레이드하지 않고
불평만 잔뜩 늘어놓았네
젊은이와 대화가 안 통한다고
투덜대듯이…

*업그레이드(Upgrade) : 성능을 기존 제품보다 뛰어난 새것으로 변경하는 일.

분리수거하는 날

아직 이른 새벽
밖이 시끄럽다
아파트 창문 사이로 아래를 내려다본다
묵직한 장비에 검은 장정들의 움직임

커다랗고 찌그러진 리무진 차에
고통 사랑 추억 모두가 엉클어진 채
쓸모없는 잡것이 되어
와자작 끼익 덥석 물리고 내동댕이
겹겹이 눌리고 쌓여 숨이 막힌다

팔자에 따라 나름대로 뒹굴다가
끼리끼리 낯설게 만났지만
살아온 이야기도 채 못 나누고
한밤을 노숙하고 미명에 떠난다

멍하니 바라본다
그 자리는 다시 말끔해지고
또 같은 일이 반복되겠지
껍데기는 떠나가고
영혼은 제자리를 맴도는데
버리고 분리되어 실려 가는 나의 날은

3629번

문 들어서기 전 망설이던 모습
푸른 제복 펑퍼짐한 옷
하얀 머리 찟기 잃어 부은 듯한 얼굴
멍하니 시선을 못 맞추고

……
이런 모습 보여 미안해요
뭐 하러 오셨어요
애써 짓는 미소
할 말을 잃고…

구형 5년이었는데…
1년 6개월이라는 말에
그냥 넘어가 버린 그 때의 심정 잠시 피력
내년 4월이면…이라며 말끝 흐리고

그새 1분 남았다는 멘트
이내 마이크는 끊어지고
돌아서야 할 순간
난 그대로 잘 있으니

건강히 운동하고 책 많이 보라는
말 외엔 아무 말도 못하고…

서로
어서 가라고 건강하라고
눈짓과 표정만 남기고
가녀린 손을 들어 보이며 돌아서던
그녀의 모습에 눈시울 뜨거웠지

수많은 날이 흘러가 버렸지만
빛바랜 파란 제복에 새겨진
수인번호 3629번
기억조차 하기 싫은 숫자

애써 미소 띠우던 모습
서글픈 추억으로 아직도 남아
가슴이 아린다

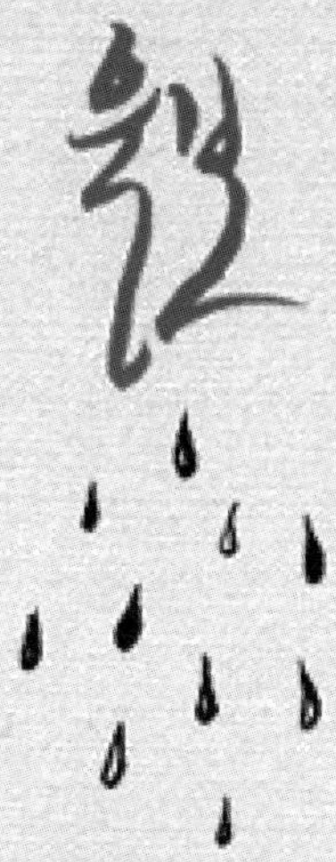

제 5 부

울보세상

트라우마/ 울보세상/ 채찍 없는 팽이/ 봄꽃들의 시위
피라니아의 꿈/ 우리를 절망케 하는 것들/ 지금 떨고 있니?/ 알다가도 모를 일
헷갈리지 마/ 거기 누구 없소/ 엉뚱 생뚱/ 움직이는 지뢰/ 번지점프
겨우살이/ 거미줄/ 아름다워서 슬픈/ 해안 경계병
비무장지대/ 파편조각/ 통일전망대에 서서
독도는 말이 없지만/ 전선의 추억

트라우마

기억의 저편
검은 먹구름 몰고
거친 파도 바위를 때린다
마음이 불안하다
가슴이 찢어진다
정신이 어지럽다
본격적인 거친 파도타기가 시작되었다
극단적인 충동과 행동이 춤춘다

뭐라 하지 마라
묵묵히 고통을 동행해 줄 수밖에
내면의 건강한 마음이 살아나는 용기
본래의 자기를 돌아보는 힘
자신만의 치유가 되도록 북돋워주자

아직 아물지 않은
딱지를 억지로 떼지 마라
상처 난 바위 또 후려치지 말고
파도야 잠 좀 청하려무나

울보세상

스산한 가을밤
온통 울음소리로 가득하다
누가 달래야 하나
울보들을…

여치와 베짱이 노는 곳에 풀잎이 운다
귀뚜라미 째근거리는데 어둠이 운다
개구리 헤엄치는데 논물이 울더니
보름달 밝은데 하늘이 운다
욕심 채우는 정치인들 혼란스러우니
나라가 운다

온통 세상 모든 것이 운다
어쩌란 말이냐

아침 햇살 떠오르면
울보의 세상 가고 웃음의 세상 오겠거니
우는 것은 다 울어라
너도 울고 나도 울고
모두가 울음 그칠 때까지

채찍 없는 팽이

내 몸이 가만히 있으니
해가 돌고
달이 돌고
지구가 돈다
고요히 정지 상태
모든 것이 정상이다

해도 달도 지구도 가만히 있는데
이제 네가 도니
세상이 어지럽고
정말 웃기는구나
어느 게 돌아야 맞는 것인지
아리송한 일

그런데 문제는 네가 도니까
무척 재미있다는 것
옆에서 잘 돈다고 박수도 쳐 주네
그래서 위에서부터 막 돌아가나 보다
까짓것 돌고 돌고 또 돌아라
막 돌아라 빙글뱅글
채찍 없는 팽이가 날뛰는 세상

봄꽃들의 시위

예고 없이 불쑥 찾아온 이상 기온
목련 개나리 진달래 꽃망울이 뒤죽박죽
보름이나 일찍
한꺼번에 피어 야단들이다

상춘객은 즐거울지라도
꽃축제 계획했던 단체
양봉업자는 울상이네
아직 어린 벌 나비는 어리둥절하고

자연은 홀로 가는 것이 아니고
모든 것은 조화가 되어야 하거늘
부드러운 아량과 멋
기다림도 필요하지

때 아닌 무인정찰기
기초단체장 선거 공천관련 어지러운데
이 봄,
더욱 정신 못 차리게
봄꽃들도 촛불시위 하는구나

피라니아의 꿈

미꾸라지 한 마리가 온통 흙탕물 일으키듯
강한 이빨과 턱, 사람을 잡아먹는 물고기가 저수지를 맴돈다
순한 토종물고기 놀라 소스라치며 몸도 가누지 못하고 얼었다

식용 황소개구리 망 뚫고 나와 유유히
우리 어릴 적 친구들 잡아먹고 심지어 천적인 뱀까지
벌써 여기저기 들판에 진을 치고 기다란 혀를 날름날름
천적 없어지면 생태계마저 위협을 느끼지

누구의 장난인가 누구의 음모인가
작은 땅덩어리 적은 인구
삼천리금수강산에 삐죽삐죽 솟아나는 빨간 잡종
번식력 강하고 식욕 왕성한 것들
은밀한 곳에 함부로 뛰놀게 놔두어서는 아니 되지

강원도 횡성군의 한 저수지에 발견된 피라니아
다른 지역 이동 번식하기 전에 저수지 물 몽땅 빼고
남은 세 마리를 소탕하니 야욕의 꿈 무너졌네
체제를 말살하려는 것들 뿌리부터 초토화시켜야

우리를 절망케 하는 것들

설레는 봄꽃 소식은 어김없이 왔는데
한꺼번에 우르르 왔다 우르르 떠났다
온통 바람에 뒹구는 낙화 꽃멀미 난다
온 국민 어둠에 가둔 잔인한 봄날의 아픔

이웃나라 얕잡아보며
자긍심을 가지고
괜찮은 세상에 살고 있다고 자부했는데
모두가 허상 위선이 날뛰었구나

해선 안 되는 줄 알지만
나 하나쯤은 괜찮고
이익이 된다면 속임수와 거짓말이 난무
행여 걸리면 재수 없다는 세상

반성할 줄 모르고
몰지각한 선동꾼의 세치 혀에 놀아나는
한심한 행태의 사람들

너무 멀쩡해서 분간을 할 수 없는 세상

이런 것들이 우리를 절망케 한다
언제쯤 치유되려나…

*2014년 봄날 (세월호)

지금 떨고 있니?

추운 겨울 어느 노숙자
웃통을 까뒤집고 스멀스멀
이를 잡는다
살찐 놈 양 엄지손톱으로 꽉
빨간 핏방울이 튄다

연지 곤지 바른 여인
헝클어진 머리숲 들추며
안경 코에 걸치고 머릿니 잡아
입으로 질근 씹는다
튀는 게 없다

상황과 여건에 따라
잡는 방법 다르고 사람 다른데
사람 무서워 이 없고
이 무서워 사람 죽는다

너 그리고 나
지금 떨고 있니?

알다가도 모를 일

황당한 고난과 변덕스러움에
세상이 요란하니 자연도 요지경
순서 없이 동시에 꽃이 만발하더니
찬바람의 급습으로 피다 말고 얼어터지기도

봄볕에 앵두 매실 살구 목련까지…
향기를 뿜으며 요염한 자태 자랑
하지만 너무도 조용해
벌 나비는커녕 파리 한 마리 없네
누구를 위한 향연인가

고운 시를 써 봐도 구리고
향기를 뿜어도 호랑나비 축 늘어지고
윤택한 놀이마당 더러운 손 타고
검사도 뾰족한 수가 없나 봐

그럭저럭 봄은 가고 여름이 오나 봐
여기저기 어우러져 또 술판 벌어지고
기다리는 열매는 어찌 되려나
쪼그라 멍든 가슴 어찌 되려는가

모두가
알다가도 모를 일들…

헷갈리지 마

- 2017년 1월에

촛불이 태극기로
태극기가 촛불로
뒤엉켜 버렸어
시작은 안 그랬는데
지금엔 뭐가 뭔지 몰라
가만히 지켜보고 있어야 하나 봐
어느 땐가부터
몇 사람이 시끄럽게 휘두르더니
또 한 사람 왔어
더 혼미해지려나 몰라
법이 꼬리를 내리고
너마저 휘둘리면 정말 큰 일
국가는 영원하고
권력은 고달프고 순간이야
인생은 길고 할 일도 많고
아주 잠깐이라는 것을
당신도 잘 암시롱
헷갈리게 하지 마
그리고, 제발!
헷갈리지 말고

거기 누구 없소

- 썰렁한 2016년 12월

잣나무 위에서 뭉텅이를 떨어뜨린 청설모
까뒤집어져 나뒹구는 잣알들
넝쿨째 굴러온 고구마
얼음장 밑 송사리 떼
줄지어 나는 때 이른 철새 무리

광화문 광장에 빼곡한 인파
수십만 수백만 흔들리는 촛불
전면을 덧칠하는 아리송한 사건들
밴드 카톡 TV 쏟아지는 홍건한 유영(游泳)
그런데 아무도 없네
텅 텅 비었네

살얼음의 아수라장 황망한 들판
야욕으로 얼룩진 도포자락
유령이 나부끼는 곳
혼밥족, 혼술족, 혼캠족
성황을 이루는 이유를
이제야 알 것 같네

엉뚱 생뚱

- 2016년 늦은 봄날에

사람은 왜 태어나는가
살기 위해서인가 죽기 위해서인가

미세먼지 때문에
고등어 삼겹살이 고생하고
경유값 인상 도심지 차량 진입을 통제한다고

공직자 비리 관련된 법안 제정에
한우 세트와 굴비가 등장
생산자가 목줄을 맨다네

매스컴 발달로
묻지 마 살인과 흉악한 범죄
나날이 늘어만 간다는데

생뚱맞은 분석에 엉뚱한 대책
이런 것을 정보라고 내뱉는 매체
믿어왔던 모든 것들이 아리송해

자연을 보존하고 세상을 아름답게

없어져야 할 첫 번째는 인간들이지
모든 문제의 원인 제공하는 출처이기에
나부터 너부터 없어져야 해

빨강 초록 초등학교 우레탄 운동장
건강하게 키워보려는 가습기 살균제
어릴 때부터 서서히 병들게 하려는
정신병자의 음모는 아니겠지

엉뚱하고 생뚱맞은 상상
잼나고 무섭네

움직이는 지뢰

모든 것은 귀하게 태어나지만
행복과 평온, 모진 고생과 악조건으로
변질되는 사후 유전자
두려워하며 눈치 보며 가슴 졸이지

향기로운 꽃과 열매, 동물들의 돌발행동
사람들마저도 무섭다
무엇이 숨겨져 있을까
자연이 뛰놀고 숨쉬는 비무장지대
보기엔 평화롭지만 적막이 감돈다

뜨거운 연인 사이
단란한 가정이 어느 순간에 와장창…
내면 깊숙이 뭔가 있지
우린 늘 언제 폭발할지 모르는
위기 속에 사는 거야

신체의 장애
마음의 장애
언젠가 올지 모르는 불안으로

모두가 두려움을 안고
불구의 몸으로 세상을 사는 것은 아닌지
예상치 못한 곳에 웅크리고 숨어
표적을 도사리는 지뢰를 품고

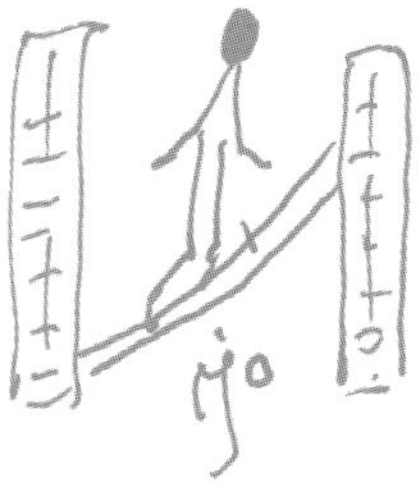

번지점프

저 높은 곳을 향하여
이상과 허상 사이를 넘나들며
위로— 위로—
세상이 눈 아래 펼쳐지니
모든 것이 나의 것

두 발이 부들부들 심장은 쿵쿵
지은 죄 잠시 잊고 눈을 감는다

월계관 욕심 버리지 못해
두 눈 질끈 감고 뛰어보지만
순간의 즐거움 느끼기도 전에
그만 거꾸로 매달렸네
대롱대롱 허우적허우적

홀로 서지도 못해
조교의 도움으로 가까스로 일어나니
천만 다행이네
황천길 옆에 두고 가지는 않았으니

사람의 욕심 야망 끝이 없지
벗겨지기 전에 스스로 알 텐데
번지점프장 광화문에 설치하여
욕심 가진 이 한 번쯤 태웠으면 좋으련만

겨우살이

앙상한 나뭇가지 위
눈 내리고 찬바람 모질어도
파릇하게 새 둥지마냥 야무지게
자리잡는 기생목(寄生木)

누가 주인이고
객인지 알 수 없는
천연덕스러움
요즘의 세태를 보는 것 같아

정치판의 보수와 진보
교육계의 혼란스러움
국기와 애국가를 부정하는 집단
탈북자를 매도하는… 그들

차라리
한탕주의자 먹튀가
겨우살이보다 양반인 것을
서서히 피 말리지는 아니하니까

거미줄

커다란 먹이 걸려들어 발버둥친다
번개 같은 순발력으로 꽁꽁 묶어 버린다
지쳤는지 고요하다
정교하고 아름답던 거미줄이 일그러졌다

여기 저기
투명한 거미줄이 널려 있다
얼굴에 끈적거림 뜯어내는 사람들
거미줄이 망가지고 있다

인적 끊어진 어두운 폐가
온통 먼지 뒤집어 쓴 잡동사니
귀신 놀고 있는 자리
거미줄이 드리워진다

해로운 먹이를 잡는
견고하고 끈끈한 거미줄
아니면 말고 식의 마녀사냥이 아니기를…

먹이 사슬 잘못인가
헷갈리는 세상에 당황하는 군상들

아름다워서 슬픈

- 백령도에서

아름다워서 서글퍼라
서글퍼서 분노가 일고
분노가 치밀어 넋을 잃는다

최북단 가로막힌 전선
손에 잡힐 듯 장산반도 코앞에 두고
오도 가도 못하는 가슴 먹먹하다

가녀린 속살은 살아 숨 쉬는데
할퀴고 간 자리엔 생채기 아물지 못해
46인의 젊은 청춘의 넋이 맴돌고
연평해전 용맹 눈앞에 어리네

하얀 갈매기 검은 가마우지 함께 어울리고
유유히 노니는 점박이 물범
오만가지 깎아지른 기암절벽
건너 장산곶 인당수 그날의 효심 심청각에 모셔두고
부서지는 하얀 파도 위엔 북방한계선(NLL)
이 얼마나 얄궂은 운명인가

고요한 파도 오늘도 넘실대는데
갈라놓은 철조망 사이 한 척의 경비정
머—얼리 조업하는 중국어선은 또 무언가
46인의 넋이 출렁이는 물결
총알 맞은 얼굴바위 일어서는 그날은…

아! 백령도
아름다워서 슬프구나

해안 경계병

코끝 시린 추운 겨울
초병의 빛나는 눈
충성과 애국 사이
솟구치는 순간의 그리움

해는 서산으로 넘어간 지 오래
쌩쌩 부는 바람 앞에
일어서지도 앉지도 못하고
핏발 선 눈은 서차라이트 따라
불을 밝힌다

젊음의 끓는 피
불끈 쥐는 주먹에도
몸서리치는 전율은 흐르고

캄캄한 밤
내리는 함박눈
삼킬 듯 밀려오는 파도
하얀 눈 위엔 그녀가…

경계선 그 자리, 이웃고
빗자루 쓸고 돗자리 펴듯
평정되는 고요
초병은 이 밤도 임무수행 중

비무장지대

숨이 탁 멈추는 곳
가슴을 쓸어안는다
화랑담배 연기가 그립다
그 날의 전우들은 어디 있을까

철커덕! 묵직한 철문 닫는 소리
밤이면 군장 메고 나가 새벽이면 돌아오던
먹먹한 시계 바퀴
캄캄한 어둠 속에서 젊음을 불살랐지

고향 얘기, 애인 얘기, 하고픈 말 많아도
눈짓 손짓 표정만으로 대화를 하던 비무장지대
더위도 추위도 아랑곳없이 명령에 충실한
우린 모두가 애국자였지

꽝! 소리와 함께
화약 냄새와 피비린내
전우의 외마디 소리도 들었지

녹슨 철모, 헤어진 군화

처절했던 그 때의 흔적 널브러져 있고
오늘도 바람 구름 까마귀는 유유히 남과 북을 넘나들며
온갖 풀과 나무들은 울창하다

코끝 아리는 화랑담배 연기
역사의 현장 비무장지대는
아직도 아무 말이 없다

파편조각

6월이 오면 하늘은 더 푸르러
국립서울현충원 서역3묘역 하얀 국화 한 송이
155마일 전선 철책선 너머
청춘을 불사른 영원한 최후의 흔적

그 날, 폭음이 빗살무늬로 퍼질 때
우리 영혼 갈기갈기 찢겼지
피비린내에 까마귀 날아들고
적들은 좋아라 날뛰고
등에 얼러 매고 사지(死地)를 헤매며
오직 임무에 충실한 그 순간

어디든 박혀야 파편이다
가슴 깊숙이 남아있는 상흔(傷痕)을 어쩌랴
오히려 더 깊숙이 간직해야

여기저기 이념에 휘둘려
방황하는 파편조각
자기 자신에 박힐 줄 모르고
날 뛰는 자 많구나

통일전망대에 서서

통일전망대는
외로움이다
슬픔이다
아픔이다
더 갈 수 없어
돌아서지도 못하고 멍하니 바라만 본다

허리 잘린 내 땅
자기 땅이라고 우기는 억지
잊히고 잃어버린 넓은 땅은 어쩔 것인가

전망대에서 바라만 볼 것이 아니라
쓰라린 고통과 민족의 바람을 심어줄
원대한 우리의 꿈
젊은이들에게 심어 주어야 한다

통일전망대가
비전(vision) 전망대가 되어
압록강 두만강 백두산
만주 벌판을 내다볼 날을 기다리며
세계 속의 대한민국을 그려 본다

독도는 말이 없지만

저 멀리 동쪽 바다 끝
300만 년 전 해양섬 기원의 화산체
동도와 서도 자웅을 이루며
봉우리 곁으로 연결된 91개의 크고 작은 바위

괭이갈매기 바다제비가 유유히 날고
섬기린초 섬초롱꽃이 바람에 나부끼며
볼락 자리돔이 냉온대를 드나드는 곳
인근 해저에 묻힌 고체 천연가스 '불타는 얼음'
옛부터 내려온 우리의 자랑스런 땅

36년간 수모도 치욕인데
역사마저 왜곡하고 또 앙탈인가
남의 처자 겁탈했다고 네 것인 줄 아는가
하늘도 땅도 노하고 바다마저 검푸르게 출렁이네
뿌리 혼 살아있는 기미년의 외침이 들리는가

독도는 말없이 내다보고 있소
시커먼 구름재가 하늘로 치솟고
땅이 꺼지는 물세례 쓰나미 현상들

무섭지 아니하오?

잠시의 잘못된 틈새 비집고
앗으려는 야욕에 혼마저 뺏길쏘냐
태초에 맺어진 인연인데
어안이 벙벙 할 말이 없구나
독도가 침묵하는 이유 당신은 아느냐

전선의 추억

농부의 날카로운 가윗날
해묵은 생살 도려내면
그 자리엔 어김없이 새싹 돋아나건만
이념의 칼날에 잘린 몸뚱어리엔
붉은 꽃물만 홍건히 흘릴 뿐

나의 상관 나의 부하
낯설지 않는 이름 부여잡고
잠든 기억 곧추세우면
지워지지 않는 낡은 흑백의 필름 속에
수묵강이 흐른다

철모에 풀잎 꽂고 온몸 물들이며
탄띠에 수류탄 소총 겨누고
밤낮 구분 없이
철책선과 비무장지대를
누비던 푸른 제복

사향노루 뛰놀고
밤새워 우는 소쩍새

장끼 소리 지르며 푸드덕 날고
북한강 물안개 계곡으로 흘러들면
하나의 드넓은 운해가 되어
높은 고지 드문드문 섬이 되고
나룻배로 건널 수도 있으련만

햇살 밝아 물안개 걷히면
능선과 계곡엔 무거운 철조망
노오란 표지판 '군사분계선'
돌아설 수 없는 벽 앞에서
가슴을 쳤지

아련한 옛 기억이 가만히 다가와
볼을 타고 내리는 뜨거운 눈물
옥으로 꿰어 가지런히 놓으면
고요한 가슴에 자맥질하는 추억
때 아닌 까마귀 떼
일제히 날아오르네

| 후기 |

글자를 주워 모으고
말을 짜깁기하여
진주와 같은 단어와 낱말을 만든다.
문장이 되고
행과 연이 되어
읽을거리가 엮어진다.
남에게 내어놓기가 부끄럽고 두려워
선뜻 읽어 달라고도 못하고
더군다나 서평을 해 달라고도 못하고
그냥 혼자서 혼쭐을 이어 놓는다.

그러다 보니 앞뒤가 없는 열차가 되어
마음대로 소리도 못 내고
긴 터널을 지나 어둠을 헤치고 밖으로 나와
혼자 달리고 있다.
기관사도 차장도 없이 승객과 화물을 싣고 가는
불안한 운행이 되고,

보따리 장사만 소리치고 오갈 뿐 제어장치가 없다.
한참을 가다가 역에 멈출 때면
따끈한 국물이라도 먹고 싶지만
조그마한 간이역이라 먹거리가 없구나.
다음 큰 역을 향하여 기대를 걸고 몸을 싣는다.
거기엔 좀 더 많은 사람들이 머물고
쉴 곳과 먹을 것이 있으려니

글은 시가 되어 기다랗게 나열되어 다가오는데
험하게 폄하하지 말고 따뜻한 마음으로
부족함을 일깨워주는 동행자가 되어주면 좋으련…

이 도서의 국립중앙도서관 출판예정도서목록(CIP)은 서지정보유통지원시스템 홈페이지(http://seoji.nl.go.kr)와 국가자료종합목록 구축시스템(http://kolis-net.nl.go.kr)에서 이용하실 수 있습니다.
(CIP제어번호 : CIP2020008564)

박춘추 첫시집
굽잇길 볼록거울

•

지은이 / 박춘추
발행인 / 김영란
발행처 / **한누리미디어**
디자인 / 지선숙

•

08303, 서울시 구로구 구로중앙로18길 40, 2층(구로동)
전화 / (02)379-4514, 379-4519
Fax / (02)379-4516
E-mail/hannury2003@hanmail.net

•

신고번호 / 제 25100-2016-000025호
신고연월일 / 2016. 4. 11
등록일 / 1993. 11. 4

•

초판발행일 / 2020년 3월 5일

•

•

값 12,000원

•

※잘못된 책은 바꿔드립니다.
※저자와의 협약으로 인지는 생략합니다.

•

ISBN 978-89-7969-818-3 03810